꽃,
시집간다

이종남(李鍾南) 시인

1941년 경북 칠곡에서 출생하였다. 계명대학교 국문학과를 마치고 영남대학
교 대학원 한국학과를 졸업하였다. 2012년 〈영남문학〉에 수필, 2013년 〈국
제문예〉에 시작품을 발표하며 등단하였다. 2015년 논문 〈퇴계(退溪) 이황(李
滉)의 매화시(梅花詩)에 관한 연구〉로 문학박사 학위를 받았다.
E-mail : jnlee043@hanmail.net

꽃, 시집간다

초판 1쇄 발행 · 2015년 5월 15일
글 · 이종남 | 발행인 · 김윤태 | 발행처 · 도서출판 선 | 북디자인 · 전순미
출판등록일 · 1995년 3월 27일 | 등록번호 · 제15-201호
주소 · 서울시 종로구 삼일대로 30길 21 종로오피스텔 1218호 |
전화 · (02) 762-3335 | 팩스 · (02) 762-3371

ⓒ이종남, 2015
ISBN 978-89-6312-484-1   03810
※ 책값은 뒤표지에 있습니다. ※ 잘못된 책은 바꾸어 드립니다.

꽃,
시집간다

이종남 시집

차례

제1부

청 산

파란 물은 산이 싫다하지 않고
푸른 산은 들을 살갑게 감아 도네
붉은 꽃 푸른 산에 해지는데
들녘 풀빛은 끝없이 푸르러
봄은 다시 돌아오네

달밤의 정취는 계절 따라 다르다
봄밤은 화사하고
여름밤은 차분하고
가을밤은 맑고 서늘하며
겨울밤은 매섭고 차갑다

산은 항상 거기에 있고 늘 푸른 모습
종일토록 꽃에게 물어도 꽃은 말이 없네
꽃들은 정녕 누구를 위하여 피고 지는지
물오른 토실토실한 나무의 울음
그리운 마음이 과연 그토록 간절하였단 말인가

세상의 꽃

거리에는 인간의 꽃
건설현장에는 노동의 꽃

거리마다 쌍쌍이 젊음의 꽃
골골마다 애기 웃음꽃

아파트 승강기 속에 웃음
골목마다 다정의 꽃

졸고 있는 햇살사이
높다란 빌딩은 인내의 꽃

화려한 예쁜 꽃들은 향기에
날아든 꿀벌에 손짓하네

아름다운 얼굴에는 미소와
용서하는 꽃이 활짝 핀다

꽃, 시집간다

자투리 땅 아지랑이 피어나는 봄 정원
실낱같은 파리한 조화로운 어여쁜
꽃들 새싹이 하나씩 고개를 내민다

노랑나비 사뿐사뿐 내려앉은 화단
국화 안개꽃 해바라기 등 각종 꽃들
월요일이면 어김없이 관공서로 시집을 간다

화려한 꽃이 저렇게 고울 수 있었던 것은
캄캄한 땅속에 갇혀 있으면서도
순전히 잎가지 뿌리의 고통 덕분이다

꽃잎은 눈발처럼 사방으로 바람에 나부끼고
수많은 별들이 내 머리위로 와르르 쏟아진다

세상 모든 것은 늘 어여쁘고 소중하며
꽃, 시집보낸 날 오늘밤이 행복하다

매 화

봄의 전령사
수줍은 꽃망울
고운 매화 하얀 떨기

격조 높은 옛 선비상
매일생한불매향(梅一生寒不賣香)
매 란 국 죽 사군자중 으뜸

문을 닫은 미인인양 향내 뽐내고
산골에 해 저물어 눈과 서리 있어
시내 집 매화꽃은 얼지 않네

바람이 중매한 청매실 선물
인간의 삶을 대변해주는 잎보다
꽃눈이 먼저 봄 동산에 피었더라

산에서

산은 항상 거기에 있고
늘 그런 모습이다

계절이 절로 바뀌고
눈 비 바람 구름 안개가
산이 있는 곳에 왔다가
떠나가는 것일 뿐

단풍 색 비록 붉지만
봄꽃이 아니고
흘러간 세월에 대한 회한을 담아내고

봄 산은 곱게 단장한 여인
여름 산은 힘센 장수
가을 산은 인격이 고매한 도사
겨울 산은 나이 든 스님

산에 상처 여기저기 남겨도
시가 그림이 되고, 그림이 시가 되어
그 예술적 정취가 흠뻑 녹아있다

세월은 흘러도 강산은 변하지 않고
지난해 피었던 꽃 금년에도 다시 피어
새는 여러 겹 날아간다

남성현 고개 길

청도 신설 중학교로 남편은 전근
산등성이 여기저기 활활 타는 복숭아꽃
가로수 골골마다 황금색 감

고찰 용천사 삼층석탑 보이지 않고
한적한 비포장 시골 길 교통사고
포장대로 뚫려 옛길은 간 곳 없고

팔조령 단축터널로 변했고
정감어린 박, 김, 예씨 시골인심
내 마음의 그리움을 담은 곳

가는 길 구불구불 험악한 오솔길
산골짜기 진달래 꽃
향기는 천리를 타고 간다

농촌 풍경

소처럼 쟁기질하는 농사꾼
꽃피어 바람으로 자란다

다홍치마입고 친구와 번갈아
널판자위에 널뛰기 한다

넘실거리는 푸른 물결도
하늘을 바라보며 바람타고

오가는 철새처럼 노소 없이
하늘이 나르는 민들레씨앗처럼
장마 비도 덩달아 춤을 춘다

나목들 빈손을 든 겨울 산에
굳어진 손으로 만날 수 없는
한여름 잠시 짧은 지상의 울림

휘황찬란한 간판 불빛 아래

잠시잠깐이라도 쉬어가자

설 중 매

설중매가 피었는데
맑은 향은
티끌 하나 물들지 않았네
매화향기 멀리에서
눈이 아닌 것을 알겠더라
향은 그윽하게 번져
멀리에서 은은하게
나무 가까이에 다가서면
향기가 멀다
눈 속에 꽃 피우는 매화는
고고한 선비의 덕성에 비유
매화와 같은 품성을 지닌 사람
이른 봄 눈 속에서도 피어나는
설중매 우거진 숲 시내 맑으니
얼핏 눈빛으로 착각

사과꽃 필 때

소담스럽게 피는 사과 꽃
계절 따라 종류도 다양한
축이 홍옥 인도 국광

이름들은 일어
약명은 영어
농사는 한국인
불청객 인사

꽃 마중 나온 따스한 햇살
연분홍빛 꽃처럼
휘날리지도 못하고

애잔한 신음소리
꽃송이 마다 주워 담고
꽃은 나를 보고 나는 꽃을 보네

빨갛게 익은 사과의 미소를 읽을 수도

사과 꽃 속에 빠져

허우적 정신을 못 차린다

낙엽

마음과 옷에 물들이고
쏟아지는 햇살을
소복이 담아내어

견고한 부드러움
색종이를 뿌린 듯
이슬 내려 단풍잎은 물드네

땅에 뒹구는 화려한 잎
색깔별로 책갈피 속
향기가 저절로 풍겨 나오네

춤추며 떨어진 낙엽들
낙엽이 세상 뭇 사연을 안고

코스모스

구암산 화단에 몰래 들어가
기념촬영 나도 꽃이 되고파
꿈도 많은 소녀 어리고 어린 줄기
우리같이 연약한 꽃 떨어질까 걱정 되네

등교하면 방긋 반겨주는 꽃동산
볼수록 아름다워
발걸음을 멈추게 하네
우리들도 청순한 그 기품을 닮고 싶어라

비바람 속에 참고 견디는 힘
가을바람에 밤새 덜어질까 걱정 되네
지금은 계절과는 상관없이 핀다

코스모스는 길게 목을 빼고
외래종 색깔도 다양

허약한 손짓 방실거리는

교정 코스모스 동산 앞에서

금강산

신선인지 귀신인지
너무 화려해
석청에 잣 향기
어우러져 짙푸른 소나무

명산 야생화 기이한 기암괴석이 솟아
강산 이곳저곳 암석에 붉은
큰 글씨로 깊게 이름을 새겨두고

계절 따라 그 모습이 바뀌어
이 봉우리 저 골짜기마다
맑은 시내 물 흐르고
폭포는 한 폭의 그림

뾰족 뾰족 솟은 바위
형상은 만물상을 연출

두루 다녀도 반쪽모습

안팎을 다 굽어볼 수 있을까

백두산

웅장한 천지 맑은 물
백설을 이불 삼고 구름 벗 삼아
하늘 높이 솟은 산아

천지 호수 머리에 이고
인산인해
사방으로 줄기 뻗어
높고 낮은 계곡

압록강 두만강은 한중국경
장백산폭포 장엄한 기상
삼천리 금수강산 칭송 받고 싶어서
만고풍상 겪으며

연변 길림성 용정 대성중학교
민족의 얼 깃든 해란강

윤동주 일송정 선구자 노래비

끝도 없이 너른 벌판 옥수수 밭
서로 다른 종류의 풀과 꽃들
하늘이 은하수 쏟으니

우리의 흙 보세요 삶과 숨결
옛 산하 복구 기원일세

제2부

내 고향

대구에서 가까운 거리
전국에서 알아주는 '연화부수형'
지세가 명당 중에서도 명당

초등 졸업 후 고향 뒤로 하고
그 이후 객지생활이 시작
고향 잊고 타향에서 살아온
세월이 훨씬 더 길었네

지금은 가 봐도 친척보다는
낯선 타성이 더 많고
뒷동산에서 함께 뛰놀던 친구
유년시절을 잊지 못해 고향타령

마음에 영원한 교정의 포플러나무
고향은 미우나 고우나 보듬어주는 곳

옛집에 긴 목을 늘이고 있는
줄장미는 담장을 넘네

기차통학

호기심 많은 시절 꿈과 낭만이 숨 쉬는
중학교 때 원대동 집을 두고 두 달간 기차통학
출퇴근시간 학생들 콩나물시루같이 북적된다

기관차 굴뚝연기 힘차게 뿜어내며 빨리 가자고 재촉
산모퉁이 기적소리 듣고는 그때부터 뛰기 시작
역무원의 철커덕 파랑 빨강 깃발에 맞추어 모두 탄다

복잡해도 잡담 자기 나름대로
눈 깜짝 할 사이에 대구역 도착
서민들 애환과 이별 신고서 힘차게 달린다

일주일에 한번 씩 부모님을 찾아 고향 가는 길
해와 별이 넘쳐 연착을 자주 해도
새롭게도 무심한 세월 즐겁고 기다려진다

신동 역

6.25 사변 때 피난민은 기차 안에 탄 사람보다
기차 위에 탄사람 숫자가 더 많아서 차는 솜이불처럼
피곤한 목 쉰 소리에 맞춰 칙칙폭폭 고달픈지 산 전체가
흔들리고 힘에 겨워 오늘따라 소리가 요란히 들린다

어두운 세상을 덮는 눈도 밤을 밝혀 세상을 드러내는 빛도
꽁꽁 얼어붙은 얼음장 같은 대합실 왜 배고프고 헐벗어 살았는지
처마 끝에 가난한 호롱불 하나쯤은 걸어놓아도 좋으련만
먼 산 바라보는 나는 노루꼬리만한 햇살 비치는 창가에 기대어

기차를 타고 돌아오는 길목에서 스쳐 지나가는 바람 끝에
잎새들의 색깔 벌판에 풀어놓은 소는 지치지도 않은지

우리는 잊지 않고 내 먼 청춘의 기억 철로위에 녹슬어
맘껏 자란 잡풀들은 바람이 마음대로 치고 지나간다

아침 햇살 사이로 하늘 문이 파랗게 열리고 있는 긴 능
성에서
보리밭 뿌리 움켜쥔 채 사람들은 흥분과 불안을 기다
리며
조각달을 살짝 띄운 한적한 밤 저 하늘과 산들
진솔한 삶을 배우고 인내를 배운 모습이 아름답다

달빛으로 온 동네 금빛 단풍 짙던 밤 상행선 하행선
이제는 간이역으로 쓸쓸한 추억의 신동 역

우리 집

풀썩거리던 먼지들 가라앉아 조용한 우리 집
숟가락 놓으시면 마을 나가시기 바쁜 할머니

들꽃 손짓에 날아다니다
늦은 밤 비틀거리는 바람에
어머니 치맛자락 휘파람 소리는
우리들 가슴에 꿈밭 일궈주는 사랑노래

밤잠 놓친 책상 졸다
털썩 동생 가방놓는 소리 깜짝 놀란 의자
놀이터 갔다 우당탕탕 대문 두드리는 동생
천방지축 엄마 배고파 밥 줘 어서 빨리

빈둥거리다 숙제 안하고
교실에 들어가는 고양이 걸음
기쁜 내 숨소리

추억 속으로

문풍지가 울던 동짓달이면
어머니는 호롱불 심지를 돋우고 바느질
방안에는 숨소리조차도 멈추고 고요 속에
사랑과 행복의 꽃이 피었다

마음의 나이와 몸의 나이 차이가 있음을
인생은 달리는 열차의 좌석과도 같은
다시 돌아올 수 없는 시간

삶의 동아줄은 졸지에 힘없이 터져버린
꽃은 가난한 영혼을 지닌 자들에게는 낙원
사람들은 추억을 먹고 사는가보다

빛을 닿은 물건들은 유리알처럼
반짝반짝 빛을 내며 생기가 돌았다
부드럽다는 물도 길을 찾지 못하면

저렇듯 아우성이다

창문으로 들어오는 투명한 햇살만이
한가로이 이곳저곳을 기웃거리며
빛을 나눠주느라 바쁘다

어려웠던 시절

50년대, 밤사이 라디오 잃고
부모님한테 꾸중들을까봐
마음 졸이며 걱정하던 시절

추석, 고향 다녀 온 후에
벽에 걸어둔 교복 잃고
옷 없어 등교 못했던 시절

60년대, 굽이굽이 험한 길
잠시잠깐 낮잠 자는 사이
시계가 도망가던 시절

겨울, 빨래 늘어놓고
잠시잠깐 집 비운 사이
줄에 이빨 빠진 것 같은 시절

빨래가 마음대로

바람에 펄럭이는 날

만추풍경

지붕에 고추 말리고 뒷간 지붕에 박 넝쿨
마당이 비좁도록 콩 타작 끝나면
수레소리 요란하다
우리 집 대문 비좁도록 들어오는 볏단
볏가리 높이 올라가는 계절

아버지 안경집 부지런히 움직이는 계절
처마 끝에 초롱 하나 의지하고
온 마당이 움직인다
개미새끼도 바쁘다

겨울 준비하느라
지붕마다 노란색 옷 갈아입고
서리 오는 지붕에는 곶감 말리느라
아이들 침을 빼고

일 많은 가을을 달님 별님도 아는지
더욱 환해오는 마당
뒤뜰 대나무위에 살찐 참새
요란을 떨면 가을은 끝나고

가마솥에 메주 끓는 소리 들리고
우리들 꿈이 피어오르는
큰방 화로에 빨갛게 불을 태우네

고향 생각

맑은 때 흐린 때 웃음은 예쁜
꽃이 되어 자연에서 영혼을
태워버린 사람들
꿈속에서나마 미소 짓는다

달은 들에 고요히 앉아
과일보다 향기롭다

청결하게 켜놓은 초롱불 하나
가을 코스모스처럼 비어 가는 가슴
얼마나 땀을 흘렸으면
수확의 기쁨 누릴 수 있을까

큰 산들이 둥글게 한 겹 두 겹 감싸져
그 모습에 기품이 안겨있고

하늘 없는 검은 구름 속
오늘도 고향 찾아 못 가보고
얼굴 닮은 사람 불러주오

고향은 멀리 있어야 보이고
집은 멀리 갈수록 가까운 것

흑백사진첩 1

소박한 꿈
철모르게 뛰어놀던 뒷동산
내 고향 삶의 터전

문풍지 두드리는 아침햇살 받으며
눈에 선한 기찻길
가슴이 설레는 곳

뛰놀던 친구들
지금은 어디서 무얼 하는지
따뜻하게 품어주던 곳

그 얼굴 눈에 선한 기억들
반세기 지나 추억으로 남겨두고
문전옥답 골목 누비고 싶다

부모님 흔적도 느낄 수 있는 곳
종종 꿈길에서 헤맨다
묵향 냄새 풍요로운 들녘

구름처럼 시간은 흐르네
혀 길이만큼 짧은 참새 재잘재잘
서당에는 성화같은 사랑의 불길이

흑백사진첩 2

놀고 먹고 일하고 베 짜고
꽃 자연이 하는 말
햇살이 하는 일
창살에 꽃

일상생활 실질적인 삶이 되라
상대와 맞추어라 조화를 이루고
놀 줄도 알고 싸워야
부모 사는 모습을 보며 큰다

자기가 하고 싶은 일은 끝까지
뼈 깎고 피 말리는 애들 갈등
보부상 보따리 행상
곡식을 받아간다

자연 훼손하지 않는

손 없는 날 받아서

간장 담고 나무도 벤다

마음의 시골집

한적한 그곳
아무도 찾아 주지 않아도
다양한 꽃들과 벗 삼고
시냇물 소리와 벗하며
때로는 햇빛 바람 비
긴 세월 꽃향기 맡으며
사방 우거진 소나무 숲
새들의 지저귀는 소리
흐르는 세월 기슭에
고목나무 외로이
풀잎 무성하고
총총한 별 벗 삼아
외딴 시골집 나는
그 집에서 살고 싶다

콩나물시루

동이에 쳇다리
걸친 검은 보자기
방 윗목에
콩나물시루

시루가 흘려보낸
졸졸 물소리 들으며
자라는 콩나물
보는 기쁨에 힘든 줄 몰랐다

바가지로 자주 물을 붓고
통통하게 살이 오른 콩나물
시루위로 솟아오른다

지금은 베란다 구석에 엎드려
골동품이 된 콩나물시루
물은 흘러도 콩나물은 잘도 자란다

흑백사진첩 3

수출품 옷 뜰 때도
옆에서 얌전하게 잘 놀아 주었다

동네서 들나물 캐러 가서도 논둑에
엄마 확인하고는 혼자 흙장난하면서 놀았다

냇가에 다슬기도 함께 잡으면서 옷을 다 버린 일
자연을 가슴에 안고 자유로운 그때가 차라리 향기로웠다

친구들과 때로는 어울러 다니면서 들국화
잠자리 나비 이름 모르는 곤충들을 잡아오는 시골

백화점 강좌 듣는 어린이들 말도 제대로 못하는
애들 볼 때면 조기교육은 무리가 아닌지

지금 생각하니 너무 무심, 양심의 가책
그래도 그 시절 생활이 정답고 행복했다

흑백사진첩 4

햇살 솟아 오른 교정에서
나뭇가지에 걸려있는 환한 미소

아직도 그대들의
뜰 밝아온다

단발머리 소녀의 미소
한 가슴 심어놓은 푸른 숨결
우리들의 뿌리 벋어나간

오대양 육대주 넓혀 가는 푸른 햇살 속에서
나이야가라 폭포처럼 목청껏 나는 불러본다

그대들의 모습들
초봄 한 송이의 난 꽃으로
피어난 교정에 젖어 나 여기 섰구나

어두운 밤하늘에 큰 별이 되어

반짝이고 있는 친구들아

내 친구 沃非

수업을 마치고 놀 때도 늘 겸손한 친구
아무한테도 표현 한번하지 않고 묵묵히
말은 안 해도 몸인들 마음인들 편했으리

성실하고 착한마음 감출 것도 들어 낼 곳
없이 살아가는 고운 사연 못다 한 회포
아픔가슴 남김없이 거두어 삭막한 승리의 침묵

삼덕동에서 솜씨 좋으신 모친은 표현 없이
하숙으로 연명하시는 측은한 모습 보면서
국가유공자이면서도 도움 없이 힘든 생활

평안을 얻고 인내와 지혜를 얻고
가슴을 열어 진실을 믿고 원망과 불평
마음의 문을 활짝 열 수 있는 친구

조용하고 영민하면 순진한 무남독녀
부친 여위고 고독한 삶 살아가는 마음

일제강점기 독립운동가 저항시인
교과서에 '광야' '꽃' '절정' '청포도' 등등
친구는 이육사문학관을 혼자 지키고 있다

＊ 이옥비(李沃非) ; 민족시인 이육사 선생의 외동딸. 필자와는
중학교 시절의 다정한 친구이자 집안시누이가 되었다.

정다운 동창생

들꽃처럼 아름답고 향기롭던 유년시절
철따라 익어가는 탐스런 꽃과 열매들
곱고 예뻤던 코흘리개 개구쟁이 친구들아
우리가 만난 지 어언 반세기

그렇게 남학생 앞에서 고개도
못들 정도로 부끄럽고 수줍던
옛날 그 호시절은 간데없고
아무리 감추려고 해도 용기는 늘고

산 좋고 물 맑아 그립던 고향산천
아쉬운 옛날 그 때가 못내 그립구나
화창한 봄 무성한 여름이 다 지나가고
낙엽 지는 가을의 문턱에 다다랐네

고향 벗 정 붙이들 어디로 다 떠난

자리 무슨 도움이 되는 말을 할까
모두들 삶터 찾아 뿔뿔이 흩어진 친구들
아리따운 진달래꽃 모두 어디가고

좋은 명당 먼저 잡으려고 황급히 잿불
가듯이 사라지는 무정한 친구들아
옛정을 못 잊어 불러보는 그 이름
오늘따라 행복한 정겨움 끝이 없구나

제3부

흑백사진첩 5

네 살 때 찍은 가족사진
카메라의 렌즈 보며 울고
칠십 년 지난 지금 인물들

유년시절 앵두 입술
세라 복 남매사진 선명하게 찍었던
바람이 멀리까지 메아리치고

청소년 스냅사진 배경
꽃나무 강 바다
모란이 만발하니

장마 비 그치고
석양빛 아름다워
책 읽으면 편안한 세월
유유자적 살아가는 모습

그때 그 시절

사진 속에

그분들이 그립구나

왜 그랬을까

아홉 남매 맏며느리
말도 많고 탈도 많은데
치맛자락에 휘파람 소리는
노래로 들었습니다.
왜 그랬을까

딸들도 층층시하의 종부로
이제는 그 댁 조상이 되어야
한다는 당부의 말씀
어머니 뜻을 따라
참고 견뎌왔습니다
왜 그랬을까

종종걸음의 고달픈
당신이 걷던 길을
안쓰러워 가슴앓이에

잠 못 이루시든 날들
근심만 안겨드린
못난 딸들
왜 그랬을까

목화솜같이 희고 따뜻한 품
손잡고 나들이 한번 못해 본 후회
맑은 하늘아래 사는 여섯 남매는
부모님 음성 그 미소가 마냥 그립습니다

구름집 짓기

멀리서 바라보면 의젓하고 엄숙한 사람
가까이 다가가면 따뜻한 사람
말을 들어보면 논리적이고 합리적인 사람

가진 것으로 존재가치를 인정받는
자본주의 사회에서 가난은 주눅 드는 일
노 없이 떠내려 보낸 기억밖에 없다

겨울햇살의 재촉을 받으며
바람이 두터워야 큰 새가 날 수 있고
허공에 구름집 한 채 근사하게 짓는다

불행을 원망하고 괴로워하느라
시간을 낭비할 필요가 없고
인생은 한없이 늘어진 시간을 주지 않는다

지금 행복의 씨를 뿌리고 싹을 틔우려
수고하지 않으면 행복의 맛을 보기는 어려운 법

진흙 속에 잠긴 뿌리가 아름다운 연꽃으로 피워내는
향연을 출렁이는 물결로 격려하면서

흑백사진첩 6

남편의 전근
승진 따라 사글세 단칸방
벽지에는 수업 일찍 마치고가는 곳은
친구와 갈대꽃이 눈 부시는 논두렁 들판 길

밤이 되면 반딧불 하늘의 별을 헤이면서
장난감은 개와 고양이 세 마리가 친구일 뿐
공부는 뒷전이고 노는 것이 최우선

고요한 골목길 새소리 시냇물 흐르는 소리
대문은 항상 개방, 땅속에서 솟아난 식물
야생화 한 아름 꺾어오면서 콧노래를 부른다

엄마 입장에서 항상 초조한 심정
학원도 없는 시골생활 후회 없이
개 목줄 없는 자유 두 눈동자를 보아라

딸을 그리며

너와 같이 간 여행사진
모임과 흩어짐이 함께 들어있네

추억 보고픈 네 모습 짐을 부치고
실감, 눈물이 난다

그리운 별빛 속으로
국화 크는 소리 속살거려
영원한 불길과 불꽃이어라

올레 둘레 길도 같이 가자
세월이 좋아 최첨단 스마트 폰
카톡에 담아 실어 보내니
조작도 깜빡하다 놓이네

새벽을 깨우는 홰치는 소리

손 내밀어 붙잡을 수 없는 아이

무척이도 퍼붓는 무더위인데
가슴속 기쁨과 즐거움을

밤잠 설치면 너를 들여다보고
너를 걱정해준 엄마가 뒤에 있다

보고 싶다

해 같은 얼굴
달 같은 해맑은 미소

멀리 떨어져 있으니
그리움은 배가 되고

너의 향기는 사진 속에
실타래 같은 추억

언젠가는 곁을 떠나겠지
옆에 있어주기만을 기다렸다

여기와 밤 낮 시차가 다른
먼 타국 땅 남편 따라

가까이 있을 때는 무관심

그냥 지켜주는 걸로 알고

보고 싶다 사랑한다는 표현
울음을 참으며 문자로 대신한다

다부동에서

6 · 25전쟁 B29기 폭격
다부동 밤낮으로 불꽃 튀기는 격렬한
텅비어버린 임의 자리

비탈진 언덕 젊은 죽음 청춘을 불사르고
한 무리 햇살 쏟아져 밤이슬 맞으며
살포시 숲속을 넘나드는 짐승들의 울음소리

산봉우리에 묻고 숲속에는 새들이 모여
산정 깊숙한 골짜기의 바람을 만나자
골짜기에 남겨져 빛바랜 군모 군번 군화

넘어진 얼굴 입 다물고 있네
뒤 늦은 산은 영원히 숨지고
메아리 없이 허공에 맴돈다

저 하늘에서 원망과 통곡소리

나라를 위해 산화한 꽃봉오리들

한줌 흙으로 달과 별 속에 누워있네

피난지 대구에서 못 다 핀 아기새싹

첫돌 지나 활짝 웃는 동생은 폭격소리에 놀라

힘없이 깜박이는 눈망울 슬픈 사연 가슴속에 묻고

세월 속에서

말 배우기 시작 발음도 분명하지 않은 것을
기념으로 라디오 녹음테이프 가족끼리 대화
한마디씩 혼자서 말 소꿉놀이
친구들과 장난감 놀이 노래 녹음

20년간 녹음테이프가 37장 나이 순서대로
목록까지 작성해서 찾아보기 좋도록 정리
딸아이 시집은 갔지만 테이프는 항상 옆에서
우리 내외는 미소 지으며 어린 시절로 돌아간다

말도 아닌 것이 준주아(주전자) 고궁(고구마)
이상한 말로 얼마나 웃기는지 심심하면
듣는 재미가 쏠쏠하다 소중한 것 두고두고
즐겁게 기억하고 나중에 미국으로 보내야지

엄마와 딸 1

파란 여름이 되니

엄마는 너의 동서로 뻗은

나뭇가지 아래 찾아

후유, 이제 쉬어야겠구나

엄마 이리와 앉으세요

엄마는 딸의 그늘 아래

한가한 매미소리 들으며

가을을 맞고 있다

엄마와 딸 2

풀냄새 별 속을 헤아리며
앙증맞은 손을 흔들며
낮이면 새소리 시냇물 졸졸

귓전을 두드리는 물소리
야생화 향긋한 냄새에
엄마의 꽁무니를 잡고
자연이 불러주는 노래

쉬쉬 쏴쏴 흥겨움에 젖어
나비처럼 날아가는 딸아이
들로 논두렁으로 엄마와 딸은
나비가 되어 날아갑니다

엄마와 딸 3

좋은 일이 있어도
괴로운 일이 있어도
찾는 것이 딸이다

바싹 마른 땅에
희망을 주는 단비다

엄마가 괴로울 땐
상처에 약을 발라주는 손

마음 놓고
지껄여도 들어주는
제일 가까운 친구

딸 없는 집은 오아시스
없는 사막과 같다

엄마와 딸 4

딸아이와 단 둘이 떠나는 여행
어린 시절을 재외하고는 처음
여행을 가기 전날까지 내 맘은 무겁다

오랜만에 모녀가 떠나는 여행
설렘 반 그렇게 모녀는 정다운 추억을
남기기 위해 해외여행 기대도 컸다

회포도 풀 겸 인도 다음 두 번째 싱가포르
저녁 10시 '창이공항'에 우리를 반기는 건
열대성 덥고 습도가 많은 특유의 날씨
숨을 한번 쉴 때마다 목으로 들어오는
열기에 가슴이 타들어가는 듯

도착이 늦어 야경은 뒤로하고 호텔직행
이미지가 깨끗한 나라 국민소득이
높은 부유한 국가로 다가온다

금혼식

꽃다운 젊음과 신선함은 어디 갔는지
아름답고 향기로운 그 시절
눈 깜짝할 사이 은혼식 지나가고

감미로움 깨끗함은 다 어디로 갔는지
우리는 활기차고 자유로운 그 시절
벌써 결혼 50주년이라니

대소가 식구 식당에 모두 모여
축하해주어도 실감이 나지 않고
멀지 않아 회혼식이 눈앞에

남의 일 같지 않다
백세 장수시대가 돌아오고
유수 같은 세월 잡을 수가 없네

현실은 벗어나고

싶어도 벗어날 수 없는 것

고희 무렵

어릴 때 찍은 가족사진
카메라의 렌즈보고 울고
칠십년 지난 사실 인물들

유년시절 앵두 입술
세라 복 입은 남매사진
바람이 멀리까지 메아리치고

청소년 스냅사진
꽃나무 강 바다 배경
모란이 만발하니 장마비 그치고

석양빛 아름다워
책 읽으면 편안한 세월
유유자적 살아가는 모습

고희 무렵

학은 어두운 소나무사이로

날아가는 기러기만 바라본다

흑백사진첩 7

엄마

이거 먹어도 돼

이건

제사상에 올릴 것이다

그건

손님 대접하려고

갈무리해둔 것이고

저건

어디다 선물 해야겠다

다음은 이웃 어른들께

음복 상 차려 갔다드려야겠다

이젠 웃어른들 음복 다 하셨다

이리 오렴 힘들었지

넌 잘 참아 주었다
철부지 때부터
말 잘 듣는 아이였다

되돌아보는 어미 가슴은
왜 아직 이리도 시릴까
하늘의 별을 보면서

우리 6남매

몇 천리에 흩어져 수십 년 간 돌아오지 못 하고
고향에 봄이 와도 주인 없고 빈집은 달의 흔적만 있네
집 떠나는 마음 날로 슬프고 근심되니 울타리밖에 물
흐르는 소리만 들리고 달빛은 잠간 다시 비쳐 주네

육남매 고향에서 단란하게 지내던 옛일 생각 하니
이별, 오고가는 서신 없고 꽃다운 봄은 시름 속에 갔네
서로 보며 기뻐함은 꿈자리에 들어오는데 여러 번
추운 계절 나무 끝에 부르짖고 서늘한 바람만 부네

부질없는 세월 때는 어찌 더디고 갈 때엔 어찌 달리는고
한상에 밥같이 먹고 잠자리도 같이 하며 서로 부르며
숲속 오솔길을 나오니 잠깐 이별을 어찌 족히 말하랴
너희 필경 기억을 못하리라 서로 따르고 떨어지지 않
았네

어느 곳 외로운 기러기가 우리 문 앞을 지나 처절한
두어마디 울음소리로 떨어진 무리를 원망하는구나
으스스한 보슬비는 쉬지 않고 내리니 서로 헤어지고
다시 이별의 정이 괴로운데 하늘은 높고 흰 구름 날으네

헤어지고 돌아갈 기한일랑 말하지 말라 정이 괴로움을
깨달으니
이별 후 지금 무릇 몇 해던가 넓고 아득한 고향이 멀기
만 한데
일월은 무심하여 가는 물보다 빠르고 덥고 서늘함은 한
이 있어
홀로 기이한 꽃을 대하니 다시금 먼 곳 동생들이 생
각나네

구름은 걷히고 긴 피리 부는 달 밝은 가을일세 물은 본래
주인이 없나니 흐르는 세월은 밤낮 서쪽으로 향해 굴
러가니
이 누나는 멀리 시집와서 떠돌아다니며 여러 곳을 다녔다

서로 부대끼고 넘어지며 머리 맞대며 한 솥밥 먹고 자

란 남매들

나의 옷을 스치고 눈물은 저절로 주르르 떨어지누나

제4부

길

단발머리
사연 많은 연속
굽이굽이 험한 길

걸어온 길이 까마득한
빠른 걸음으로 숨도 고르지 않고
눈 깜짝할 사이 곡절도 많았지

마음만은 타오르는
저녁하늘 노을 빛
어느새 회색빛 석양

갈 길 얼마 남지 않아
산기슭 이곳저곳마다
봄바람은 웃고 있네

항아리

자신의 무늬를 만들어가는 고단한 삶
골이 깊어지고 섬세해서 일단 믿음이 간다

흙에서 태어나 살아 숨 쉬는
오직 평생을 기다림 사랑 희망

장독대 주위 고통 삶에 지친 몸
죽을 고비를 넘긴 세월 따라 퇴색된 단단한
몸이 아픈지 진한 무늬 하나쯤

맨몸으로 이 세상에 태어나서
차디찬 이슬을 맞으며 비바람 눈보라 겪으며

주둥이 밑둥이 깨어지지 않았으면 화분 변신
화려한 의상 벗어던지고 폐품으로 둔갑
지금은 쓰레기통 속으로 이동

어디에서 사금파리로 빛나고 있을까

옮겨 앉은 자리 황토 도자기 큰 몸피
이리저리 부서져 철사로 동여매어
소금에 찌든 몸 한때 봄볕 항아리

아낙네들의 바쁜 손길
살아온 세월의 뼈저린 사연이 넓고 깊다

옛날을 생각하면서

삶의 동아줄은 졸지에 힘없이 터져버린
꽃은 가난한 영혼을 지닌 저들에게는 낙원

쉼표나 느낌표처럼 숨을 고르게 했던 일
갈고 닦은 구슬이 더 빛나는 것처럼

자신의 글이 작품으로 나왔을 때
빛나는 구슬이기를 원한다면
마음의 양식 꽤나 영양가 있는 내용

사진 속 의자는 마음의 위안을
삼는 것으로 만족

언제나 정신이 육체를 지배할 것이라
생각하지만 육체가 오히려
정신을 버티고 있다는 사실

이사

삐걱대는 문짝소리
이삿짐은 눈치 채지 못한
찐빵 같은 햇살

새 터전 찾아 불볕이 작렬
잡초들 눈바람이 매서워도
모래바람 황량한 도로

흐트러진 들꽃봉오리
듬성듬성 시골집들
평탄치 않은 고갯마루 길

바람 부는 거리
비가 솟아져도 눈이 오는
언덕 능선 주름진 산길

직장 따라 스물두 번 이사

풀꽃이 미소라도 보여주고 싶은가

매듭

여자들의 사치품 노리개
꽃 나비 잠자리 다양한 모양
송곳 하나로 아름다운 매듭을 만든다

한복 모시적삼 고상한 단추
한때 한옥 발 치장 운치 있는 집안
어렴풋이 떠오르는 옛날 귀중한 추억

마음의 상처 풀기는 싫지 않아
한세상 아옹다옹 살다보니
그리움과 간절함의 대상

따사로운 마음은 햇살로 쏟아지고
듬뿍 담아 이제는 헤어지는 연습
빈 공간 채워온 지난 세월

슬픔도 그런 속물적 근성이었을까

아픈 흔적이라도 남아 있을까

이제 내 마음속 매듭도 슬슬 풀 때다

뜨개질

적당한 소일꺼리가 없던 때
동네 아낙들과 소통의 장소
홀치기 뜨개질로 부업을 대신한다

힘들고 어려운 시절 철따라 정성껏
봄날 같은 포근한 마음 짙푸른 녹음
두꺼운 세타 난로를 가슴에 안고 뜬다

묵묵히 경쟁적으로 서로의 눈인사 지지 않고
달콤한 맛 채워주는 붉은 석류 같은 웃음
시원한 가을의 숨소리 거친 계절

까칠까칠한 실 선풍기 안고 가디건을 뜬다
바람처럼 오고가는 인생
애기 옷은 모자 드레스 양말까지
전원 합격하면 다행스런 순간

터져도 아무렇게나 끼워 넣을 수 없는
실은 그램으로 달아서 남으면 반납
치수는 한 치의 오차 없이 줄자로 잰다

전량 일본 수출품 공임은 미미하다
뜬금없는 소리에 왈칵 눈물이 쏟아지며
아련한 그리움만 도란도란 풀어낸다

박 공예

전통기능은 원래 부엌에서 봉사
이제는 거실로 자리 옮겨 시선 집중
온갖 정성을 들어 선물하기에 안성맞춤

조각 칼 종류도 용도에 따라 가지가지
날카로운 칼 무딘 칼 인두
손에 상처투성이 훌륭한 작품

일 년 된 박은 표면이 희고 연해서
조각칼이 잘 들어가 공예하기 쉬우나
그러나 단점은 깨어지기가 쉽다

조롱박 소중히 여길 줄 아는 지혜로움
오래된 묵은 박은 단단하여 색깔도
진하지만 조각하기가 매우 힘이 든다

밑그림은 화려한 산수화 깊은 계곡
숲속 날아가는 새 형상물도 표현하지만
아름다운 소리와 꽃향기는 어쩔 수 없어

겉과 속을 내어주는 상실의 삶
조각한 풍경들은 퇴색되어가고 있네
행복하다는 것을 잊고 살 때가 많다

하얀 박꽃 피어 은은한 향이
새어나오는 마음의 창

여 로

생각도 눈치도 없이 놀고파
때로는 유치하게 발랄하게
골목길 두부장수 방울소리
세월은 사정없이 흐르고

난데없이 송곳처럼 찔러대며
시작도 못해보고
기선제압 주눅 든 나
내 몸은 실은 허수아비

아름다운 이 세상 소풍
복잡한 도심 길에서
저 마다 눈치 보기가 바쁘다
순간의 불꽃만 타오를 뿐

세월은 화살

비녀를 깎아 세운 듯
쇠로 만든 절벽인 듯
서슬 푸른 고목나무에
해가 쉬어간다

하늘은 끝이 없고
바람에 흔들리는 코스모스

머뭇거리는 산
강물에 뜬 나무 같아
삶은 새로운 봄을 맞아

시 속에 그린 그림
그 보물 누가 훔쳐갔나

지는 꽃 흐르는 물 어지러워

봄의 인생 설계하고
칠십년 넘게 살아

달력이 없으니
봄이 와도 봄 온줄 모르겠네

여름이 되면
벗 부르는 새소리 들리면
작은 정자 하늘이 연못

하늘 한번 올려다보는 여유 없이
세월은 화살보다 빠르구나

이별 잔치

쓰레기 분리수거
음식물과 옷가지
종이박스 그리고 빈병
책 깡통 플라스틱

우리가 보기에는
슬만한 것도 많아
집 밖에 나가면 쓰레기
이사 가면 이별의 잔치

오랫동안 아끼고
쓰던 물건들 아낌없이
그간 애정 어린 마음을
규격봉투에 담아 버리면

남들이 보면 성한 물건

과감하게 버리는데
그 때 그 모습 재활용에서
새로 다시 태어나리라

널브러진 쓰레기 냉정하게
이별의 잔치를 벌린다

마음을 닦다

마음으로 꼼꼼하게
읽으며 거울을 닦는다

뜨거운 태양으로 변했다가
푸른 바람 속에서 춤을 추었다

손가락 사이로 빠져나가는
잡히지 않는 바람 같은 시간 속에서

자신까지 일그러뜨리며
미워도 고와도 보듬어 안고

시 쓰기에 앞서 삶에 헌신해야
덧셈과 뺄셈을 하는
삶은 결코 끝이라 할 수 없다

삶에 몰두한 영혼을 찾아
그것은 언제나 분주하다

세상을 조금 떨어진 곳에서 보는
넉넉함이 마음을 열게 하는 것이다

공원묘지에서

보리밭 사이 엎드린 봉분에
마음이 홀딱 빼앗겼다

상석 도리석 망두석 비
지금은 매장보다 화장을 선호
납골당 수목장 조장 풍장도 있다

달이 촛불이요 구름은 병풍
하늘이불 땅이 돗자리 산은 베개로다

꽃은 바람이 없어도 톡톡 떨어진다
머뭇거리는 산 달리는 건 냇물
인생은 강물에 뜬 나무 같네

그 죽음이 편안하게 거기서 존재하고 있다
공원묘지 묘비명 세상에서 가장 사랑하는

편안히 잠드시길 먼저 가 기다리길

죽음이라는 이별 뒤엔 언제나 후회만 남는다

여자의 일생

내 의지대로 할 수 있는 것이 무엇인지
어릴 때는 남존여비사상 조부모님 만류
여자이기 때문에 언제나 눈치만 보는 신세

시집와서도 보수적인 가정에서
내 마음대로 할 수 있는 것은 한정적
시부모님 남편 눈치를 살펴야 한다

운전을 배워도 여자가 건방지다면서
실천에 못 옮기는 처량한 신세
이혼을 무릅쓰고 시작한 만학

인내로 모든 것을 감수하고
가족들의 만류도 포기상태
늙어서도 용납되지 않는 여자의 운명

연꽃 향기

진흙탕에 뿌리박고 자랐지만
더러운 흔적은 어디로 갔나
한 여름 염천에도 활짝 웃어주는 꽃

뿌리서 열매까지 식용으로 봉사
요염하지 않고 화려한 그 자태
물들지 않았으며 우뚝한 모습

속은 비었으되 겉은 바르며
시궁창에 핀 꽃가지는 뻗지 않으면서
향기는 멀수록 더 맑아지고

군자의 고결한 모습에 취하여
옛 선비들은 다투어 글을 짓고
그림을 그려서 참으로 아름답지 않은가

볼수록 때 묻지 않았으니 성리학의
비조 주염계 선생은 연꽃을 좋아해
군자라 일컬어 선비의 표상으로 읊었고

자연의 이치는 변하지 않는 법
오늘의 혼탁한 시류에 연꽃의 곧고
청순한 교훈 우리는 배워야 한다

풀잎과 이슬

굴곡진 인생살이
끝없이 쫓기던 세상
강인한 풀처럼

지난날을 반추하기보다는
한 줌의 꿈을 이루기 위해
컴퓨터 앞에 앉으면 마음은
호수같이 가라앉는다

영원토록 간직 내 몸속에 향기 피워
우리 이 세상 주인은 없고
나그네 뿐 사랑의 우물 두레박이 되자

굽이굽이 험한 길
뒤돌아보니 까마득한 길
빠른 걸음 오느라 고생

눈 깜짝할 사이 얼마 남지 않는 길
마냥 즐거웠지 떠오르는 해살

안식의 고향 잿빛 저녁노을
영롱한 이슬처럼 잎사귀들이
달빛에 무르익는 하루 떠내려간다

꿈은 이루어진다

행복은 누구나 말을 하듯이
멀리 있는 줄 알지만 가까이에
가족 이웃 친구 다 소중한 존재들

꽃 피는 봄 알록달록 붉은 단풍도
계절은 수없이 바뀌고 만물이
결실을 이룬 뒤 황량한 들판의 모습

인생은 종착역까지 만족한 세월을 뒤돌아보고
저물어가는 늦가을 마음을 실어 나르며
이제야 찬 서리로 끝이 보인다

밤낮 최선을 다해 지금까지 달려온 시간들
학위취득 장기 일부를 반납해야만 이 소원을
이룰 수 있는 최소한의 고통은 감수해야 한다

살면서 할 일 갈 곳 모르며 무모한 도전
청춘은 다 어디가고 남은 것은 백발 뿐
지난날의 나의 모습 세상에 내어놓은

나이를 쌓아 가면 풍요로운 결실을 맺으며
그토록 오래 기다려 탄생한 희망과 기쁨
줄지어 있는 가로수들 눈 옷 입고 서 있네

늦게 이룬 행복

눈에는 핏발 입은 구혈
귀는 모기소리
목 어깨 허리통증까지
얼굴은 삶아 놓은 호박상이요

팔은 마비 엉덩이는 종기
취침은 늘 새벽시간
무리한 컴퓨터 작업 탓
심신 어디 성한 곳이 없다

만학 이 나이에 해야 하나
갈림길에서 포기하지 않고
괴로움도 극복하면서 도전정신
때로는 힘들고 지쳐서 울고 싶어라

주위 시선도 다양하게

지금 늦게 무엇을

영광 즐거움 속에 성취감

활기 넘치는 인생경륜

아름다운 추억과 지혜를 배우고

늦게 이루어낸 꿈과 희망

인생 저물어가는 무렵의 행복

달려온 바람처럼 푹 쉬고 싶어라

길목에 서다

후미진 한적한 산골
생긴 대로 살아 온
그 어느 한세상
어디서 나비가 한 마리 앉는다

홀로 산에 누운 수없는 젊은 목숨
어디서 와서 오직 하나밖에
살고 죽음이 그리운 소식 한 장
받아 볼 수 없는 한 들기 풀

꽃이 잠든 곳 꿈에도 못 잊을 고향
삶의 폭풍 누운 자리가 안식처
인생의 고귀한 봉우리 언저리엔
고스란히 남아 전쟁도 의를 잃고

산천이 코를 들 수 없는 냄새

그 골짜기에 혼령들이 불타는 하늘이
땅의 아들 한줌의 흙

조국산하 겨레의 생명 죽어가는 날이
없기를 황량한 생명의 대지 위에
달리는 세월이 방충망에 걸린다

떠오르는 햇살

언제 떨어질지 가냘픈 과욕은 노년의 적
기부도 하고 봉사하고 너는 현명해
지난날을 말하면 눈물이 나요

굴곡진 인생살이
끝없이 쫓기던 세상

지난날을 반추하기보다
한 줌의 꿈을 이루기 위해
컴퓨터 앞에 앉으면 호수 같은 마음

영원토록 간직한 내 몸속에 향기 피워
우리 이 세상 주인은 없고
물결 따라 흐르는 강 나그네 일뿐

사랑의 우물 두레박 굽이굽이 험한 길

뒤돌아보니 까마득한 길 빠른 걸음 오느라 고생
눈 깜짝할 사이 얼마 남지 않는 길
마냥 즐거웠지 떠오르는 햇살

안식의 고향 영롱한 이슬처럼
아쉬움은 항상 남는 것
분노가 된 가시는 알뜰히 기억한다

해설
시인의 말

조화를 통한 유가적(儒家的) 자기완성의 추구

– 이종남 시집 『꽃, 시집간다』에 대하여

이 동 순

우주(宇宙)를 다른 말로 바꿀 수 있다면 조화(調和)일 것이다. 우주는 불균형과 부조리를 거부한다. 완전한 질서와 규범, 정돈된 체계 속에서 항시 안정되어 있다. 인간의 삶에서 자유와 평등이란 것도 알고 보면 조화의 체계가 흐트러진 상태를 견디지 못하고 그에 저항하며 마침내 조화의 상태를 회복하려는 지속적인 노력의 과정이자 그 절대적 이념이다. 봄날의 청명한 날씨, 가족 간의 따스하고 화목한 분위기, 건강과 기쁨까지도 모두 조화의 정신에서 비롯된다. 조화를 이루지 못하면 모든 것이 분열되고 불안정에 빠져버린다고 일찍이 철학자 러셀(Bertrand Russell, 1872~1970)은 말하였다.

공자(孔子)가 논어(論語)에서 말했던 '예(禮)'의 가치도 사실은 조화의 정신을 추구하는 과정이자 목표라 할 수 있다. 그러므로 예는 인간의 삶이 조화의 세계에 당도하기까지 삶의 모든 부면을 조절하고 균형을 잡아주는 작용을 한다. 불균형 속에서 조화로 빚어지는 기쁨을 경험하기란 거의 불가능하다. 바로 그 때문인가? 드라이든(John Dryden, 1631~1700) 같은 시인은 "하늘의 조화에서 우주가 비롯되었다"고 자신의 시에서 강조하고 있다. 나뭇잎에 앉아서 어여쁜 소리를 내는 한 마리 새의 모습도 완벽한 조화의 상태와 그 순간을 말해주고 있는 것이다.

전통시대 선비들이 그들의 공부방 벽에 연비어약(鳶飛魚躍)이란 글귀를 써서 액자로 만들어 걸어놓기를 즐겨하였다. 제비는 공중에 날고, 물고기는 수면에 튀어 오른다는 뜻이니 고요한 강가나 호수의 저녁풍경일 것이다. 하지만 이 말 속에 담긴 진정한 의미는 하늘과 땅의 우주적 조화와 그 미묘함을 일컫는 뜻이리라. 옛 선비들은 그 우주적 조화의 아름다움을 항시 자신의 가슴과 삶으로 이끌어 들이고 싶은 갈망을 지니고 살았다.

이번에 이종남(李鍾南) 여사가 시집을 발간하겠다며 원고뭉치를 들고 왔다. 필자와 이 여사는 벌써 여러 해 동안 사제간(師弟間)의 인연이 쌓였다. 필자가 영남대학

교 민족문화연구소의 소장으로 있을 때 그곳 부설 대학
원 한국학과에 만학(晩學)으로 입학하여 여러 힘든 강좌
를 수강하였다. 그러구러 세월이 흘러 드디어 2015년 2
월에 이 여사는 졸업논문을 제출하여 심사를 통과한 뒤
문학박사 학위를 받았다. 논문은 퇴계(退溪) 이황(李滉,
1501~1570) 선생의 매화시(梅花詩)에 대한 연구이다. 논
제를 굳이 퇴계 선생의 시작품으로 선택한 것은 이 여사
가 퇴계 선생의 문중(門中)으로 출가를 했으므로 시댁가
문의 위인(偉人)에 대한 남다른 애착으로 짐작된다. 학문
의 뜻만 가진 줄 알았던 그가 언제 그 바쁜 중에 시를 쓰
고 어느덧 한 권의 시집 분량을 엮어서 들고 왔는가? 필
자에겐 그저 놀라움뿐이었다. 그간 가까이에서 지켜본
그의 풍모는 항상 모든 일에 바지런하고 적극적인 자세
로 각종 세미나와 강좌, 특강, 수련회 등에 빠짐없이 참
석하는 모습이 인상적이었다. 게다가 방학이면 해외 여
러 나라들을 두루 여행하면서 새로운 문물을 체험하는
활동에도 대단히 적극적이었다. 그러한 일은 건강이 따
르지 않으면 불가능한 것인데 이 여사는 건강에도 자신
이 있어보였다.

　시집원고를 받아 한 편씩 읽어나가면서 필자는 저절로

고개가 끄덕여졌다. 이 여사가 살아온 삶의 궤적이 고스란히 시작품 속에 무르녹아 있었기 때문이다. 뿐만 아니라 단란한 가정을 꾸려가기 위해 애써온 삶의 역정과 전체가족 구성원들의 행복과 평화를 위해 어머니로서의 역할을 항시 잊지 않고 충실하게 임해온 그의 모습을 실감나게 확인해볼 수 있었다. 이번 시집에 실린 도합 64편의 작품은 대체로 삶의 관계성과 조화로움의 중요한 가치, 인과관계의 필연성, 간고(艱苦)했던 과거시간의 회고, 애틋한 옛 추억의 편린들, 그리고 가족구성원과의 아름다운 조화로움의 확인 따위로 넘실거리고 있다.

이번 시집의 표제가 된 「꽃, 시집간다」의 한 대목에서 우리는 다음과 같은 대목에 시선이 머문다.

화려한 꽃이 저렇게 고울 수 있었던 것은

캄캄한 땅속에 갇혀 있으면서도

순전히 잎과 가지 뿌리의 고통 덕분이다

-「꽃 시집간다」부분

꽃의 아름다움은 오로지 그것을 피워낸 잎의 분주했던 광합성(光合成), 바람에 흔들리면서도 꺾이지 아니하고 비

바람을 이겨내며 일광을 받아낸 나뭇가지의 인내, 그리고 깊은 땅속에서 수분을 뽑아 올렸던 뿌리의 적극성 때문이라는 사실을 알려준다. 이 모든 것은 조화의 정신을 상징하는 것에 다름 아니다. 시 「청산」은 대자연의 순환과 인간의 삶이 결코 분리되지 않는 엄중한 질서임을 인식하면서 대자연과 인간이 융합의 관계 속에 설정되어있음을 암시해준다.

> 파란 물은 산이 싫다하지 않고
> 푸른 산은 들을 살갑게 감아도네
> 붉은 꽃 푸른 산에 해지는데
> 들녘 풀빛은 끝없이 푸르러
> 봄은 다시 돌아오네
>
> -시 「청산」 부분

인간이 바글거리며 모여 사는 세상을 부정적으로 묘사하는 경우가 일반일 터이나 이종남의 시 「세상의 꽃」에서는 모든 정경이 꽃의 화신(化身)으로 부각된다. 인간이야말로 우주의 결정체, 존재의 완성이나 그 아름다움의 극치를 '꽃'이란 이미지로 대치하고 있다. 긍정적이고 낙천

적 세계관이라 하겠다.

거리에는 인간의 꽃
건설현장에는 노동의 꽃

거리마다 쌍쌍이 젊음의 꽃
골골마다 애기 웃음꽃

아파트 승강기 속에 웃음
골목마다 다정의 꽃

졸고 있는 햇살사이
높다란 빌딩은 인내의 꽃

화려한 예쁜 꽃들은 향기에
날아든 꿀벌에 손짓하네

아름다운 얼굴에는 미소와
용서하는 꽃이 활짝 핀다

－시「세상의 꽃」전문

이종남 시인의 이번 시집에서 유난히 강한 울림으로 되살아나는 것은 과거시간에 대한 추억의 환기이다. 대개 흘러간 시간의 재생이나 복원이 현실에서의 불만, 혹은 괴리를 기반으로 발생하는 것이 일반적인 경우이나 이 여사의 경우 심리적 여유와 넉넉한 자기조절을 잃지 않는다. 시「고향생각」의 마지막 결구(結句)는 시인 자신의 잠언적(箴言的) 경구(警句)로 다가온다.

고향은 멀리 있어야 보이고
집은 멀리 갈수록 가까운 것

    —시「고향생각」부분

옛 추억을 회고하면서도 고통, 번뇌, 잡답(雜沓)에 휩쓸리지 아니하고 오히려 현실의 정돈과 안정에 기여하는 방법과 효과로 승화시켜간다. 이런 분위기를 표본적으로 보여주고 있는 작품이 시「우리 집」이다. 시인의 어린 시절, 할머니와 어머니, 동생들을 비롯한 온가족이 어울려서 정겨운 풍경을 빚어내는 그 내적 질서와 융합(融合), 조화로움을 떠올려 보여준다. 그런 점에서 이 작품은 매우 실감나는 기억의 재생과 부활효과에 성공하고 있는 것으로 보인다.

풀썩거리던 먼지들 가라 앉아 조용한 우리 집
숟가락 놓으시면 마을 나가시기 바쁜 할머니

들꽃 손짓에 날아다니다
늦은 밤 비틀거리는 바람에
어머니 치맛자락 휘파람 소리는
우리들 가슴에 꿈밭 일궈주는 사랑노래

밤잠 놓친 책상 졸다
털썩 동생 가방 놓는 소리 깜짝 놀란 의자
놀이터 갔다 우당탕탕 대문 두드리는 동생
천방지축 엄마 배고파 밥 취 어서 빨리

빈둥거리다 숙제 안하고
교실에 들어가는 고양이 걸음
가쁜 내 숨소리

－시 「우리 집」 전문

작품 속에서 모든 존재들은 제 자리에서 자신의 역할을 충실히 수행하고 있다. 그러한 환경 속에서 멋진 조화의 하모니가 빚어지는 것이다. 설령 그것이 경제적 궁핍과 시대적 고달픔의 억제를 받고 있다 할지라도 가정이라는 어울림의 울타리는 전체 가족을 행복감으로 이끌어 들인다. 무탈하게 지내는 하루, 한해, 십년이란 시간이 모여 세월을 이루고 어느 덧 과거는 자기에게 맡겨진 모든 역할을 중지한 채 미래시간으로 활동의 바통을 넘겨주게 된다. 이번 시집에는 민족시인 이육사의 외동따님 되시는 이옥비(李沃非) 여사를 그린 시작품 「내 친구 沃非」도 눈에 띤다. 이옥비 여사는 이종남과 중학교 시절의 다정한 친구이면서 이후 집안의 시누이 관계가 된다. 고매한 민족시인의 품성을 그대로 물려받아 가난 속에서도 꿋꿋하게 살아가는 이옥비 여사의 풍모가 작품 속에서 선연하게 드러나고 있다.

이종남 여사는 교육자의 아내로서 부군(夫君)을 따라 여러 지역을 옮겨 다니며 내조(內助)의 공덕을 쌓아왔다. 예나 제나 교사(敎師)란 직업은 격무와 박봉에 시달리는 생활로 자녀양육과 뒷바라지, 부모봉양을 모두 감당해야만 했을 터이다. 이 여사가 안주인으로서 얼마나 간난신고(艱難

辛苦)도 많았을 것인지 충분히 짐작이 간다. 그러한 파란
(波瀾)의 역정을 잘 보여주는 몇 작품을 보기로 하자.

ⅰ)남편의 전근

승진 따라 사글세 단칸방

벽지에는 수업 일찍 마치고 가는 곳은

친구와 갈대꽃이 눈 부시는 논두렁 들판 길

–시「흑백사진첩 6」부분

ⅱ)청도 신설 중학교로 남편은 전근

산등성이 여기저기 활활 타는 복숭아꽃

가로수 골골마다 황금색 감

–시「남성현 고갯길」부분

ⅲ)삐걱대는 문짝소리

이삿짐은 눈치 채지 못한

찐빵 같은 햇살

새 터전 찾아 불볕이 작렬

잡초들 눈바람이 매서워도

모래바람 황량한 도로

흐트러진 들꽃봉오리
듬성듬성 시골집들
평탄치 않은 고갯마루 길

바람 부는 거리
비가 쏟아져도 눈이 오는
언덕 능선 주름진 산길

직장 따라 스물두 번 이사
풀꽃이 미소라도 보여주고 싶은가

- 시 「이사」 전문

숱한 전근으로 이삿짐을 꾸려서 시골 벽지(僻地)로 이
동해 다니던 고달픈 도정(途程)이 잘 그려져 있다. 무려
22회나 전근(轉勤)으로 인한 이동을 했던 것으로 보인다.
부군께서도 가정을 꿋꿋하게 이끌어오셨지만, 무엇보다
도 아내 이 여사의 묵묵하고도 듬직한 내조가 아니었더라
면 어찌 가정의 안정과 평화가 이루어졌으리. 이런 점에

서 두 분은 서로 손을 잡고 지난시절의 노고를 위로하시면서 더욱 행복한 미래시간을 가꾸어 가시기를 기원하는 바이다.

이종남 시집 『꽃, 시집간다』에서 특히 돋보이는 부분은 딸과 어머니의 돈독한 사랑의 관계성을 그린 일련의 작품들이다. 각각의 작품들은 서로 분리되어 있지만 공통적인 감성과 표현체계들로 연결된 연작시리즈의 형식으로 보아도 무방하다. 시「엄마와 딸」연작과 시「보고 싶다」가 그 대표적인 사례이다.

　i)쉬쉬 쏴쏴 흥겨움에 젖어

　나비처럼 날아가는 딸아이

　들로 논두렁으로 엄마와 딸은

　나비가 되어 날아갑니다

– 시「엄마와 딸 2」부분

　좋은 일이 있어도

　괴로운 일이 있어도

　찾는 것이 딸이다

바싹 마른 땅에
희망을 주는 단비다

엄마가 괴로울 땐
상처에 약을 발라주는 손

마음 놓고
지껄여도 들어주는
제일 가까운 친구

딸 없는 집은 오아시스
없는 사막과 같다

- 시 「엄마와 딸 3」 전문

iii) 보고 싶다 사랑한다는 표현
울음을 참으며 문자로 대신한다

- 시 「보고 싶다」 부분

이 대목들을 읽어보면 그저 아름답고 눈물겨우며, 오로
지 진솔한 가족 사랑만으로 살아온 애타는 모성(母性)이

고스란히 느껴진다. 일찍이 다른 지역에 비해 보수적 관념이 상대적으로 높던 영남(嶺南) 일대에서는 남아선호 풍조가 오래도록 그릇된 양상으로 지속되어 왔다. 딸을 출산한 어머니는 마치 죄인처럼 고개를 숙이고, 시댁의 노골적 박대를 받던 시절이 있었다. 하지만 근대사회로 접어들어 영남지역 주민들의 삶과 의식 속에서도 근원적 변화가 일어나고 있으니 그것은 딸과 아들을 구별하지 않는 인식, 혹은 키워놓으면 한 딸이 열 아들 부럽지 않다는 인식마저 자리를 잡기 시작했다. 실제로 가족 중에서 어머니와 가장 따뜻한 소통과 이해관계를 형성하는 것이 모녀관계(母女關係)란 생각은 이제 전혀 어색하지 않은 보편적인 모습이 되었다.

　인용시 ⅰ)은 딸의 어린 시절을 그리고 있다. 이 시기에는 어머니도 지금보다 한층 젊었을 것이다. 들판과 논두렁 언저리에서 어머니와 딸은 두 마리의 나비처럼 팔랑팔랑 날아가는 광경으로 그리고 있다. 이 얼마나 아름다운 그림인가. 어머니는 삶의 어떤 경우에도 딸을 먼저 찾고 마치 친구처럼 그리워한다. 그런데 그 딸이 훌쩍 성장하여 학업, 취업, 결혼, 해외거주 등으로 친정집을 떠나 오래도록 보지 못한 채 세월을 보낸다. 어머니는 딸이 떠나고 없는 집을 '오아시스 없는 사막'에 비유한다. 그만큼 딸의 존재는 어머니에게 절대적이었다. 해외로 떠나가서 살고 있는 딸은 보고 싶어도 볼 수가 없다.

인용시 iii)에서 어머니는 딸에 대한 솟구치는 그리움을 참지 못하고 왈칵 쏟아지는 눈물을 일단 참아본다. 그리고는 요즘 편리하게 해외의 지인에게도 즉시 스마트폰으로 소식을 띄워 보낼 수 있는 '카카오톡' 등의 통신수단으로 마음속의 애타는 그리움을 전하는 안타까운 모정이 독자의 가슴을 아리게 한다.

이종남 시인은 이미 고희(古稀)를 넘겨 인생의 황혼기에 이르렀다. 평소 조금도 지치지 않고 자신의 할 일을 너끈히 감당하면서 일상적 난제들을 헤치고 극복하며 살아온 이 여사도 이 사실을 잘 깨닫고 있다. 시 「풀잎과 이슬」의 한 대목에서 시인이 말하는 "굽이굽이 험한 길/ 뒤돌아보니 까마득한 길/ 빠른 걸음 오느라 고생// 눈 깜짝 할 사이 얼마 남지 않은 길"이 그러한 깨달음을 넉넉히 대변해준다. 하지만 이 여사는 '시인의 말'에서 고백한 말처럼 '젊어서는 가족들을 위해 바친 시간'이었고, '회갑이 넘어서는 드디어 나를 찾아 헤매 다니던 세월'이었다. 늦게 시작한 만학도(晩學徒)로 대학에서 국문학을 전공하고, 대학원 한국학과에 진학하여 석사, 박사과정을 모두 마친 뒤 학위논문까지 제출하여 문학박사의 영광된 학위까지 취득하였으니 더 무엇을 바라리오.

시집 속에서 다소곳이 자리하고 있는 작품 「길」은 이종남 시인이 살아온 발자취를 생생하게 다루고 있다. 발문(跋文)의 마무리에 이르러 우리는 이 시작품을 잔잔히 소리 내어 낭송하고 문맥에 서린 뜻을 음미하면서 글을 마치고자 한다. 바라옵건대 두 내외분 더욱 건강하시고 화락(和樂)하시기를 기원해마지 않는다.

단발머리
사연 많은 연속
굽이굽이 험한 길

걸어온 길이 까마득한
빠른 걸음으로 숨도 고르지 않고
눈 깜짝할 사이 곡절도 많았지

마음만은 타오르는
저녁하늘 노을빛

어느새 회색빛 석양

갈 길 얼마 남지 않아
산기슭 이곳저곳마다
봄바람은 웃고 있네

-시「길」전문

살아온 시간보다 살아갈 시간이 적다. 때로는 다리에 힘
이 빠져 허청거리고, 때로는 새로운 의욕으로 마음이 둥
실 뜨기도 했다. 이런저런 눈치 보지 아니하고 살아온 지
난 세월, 틈틈이 마음의 스크린에 떠오르던 것들을 그때마
다 정성스레 메모하였다. 조용한 시간에 찬찬히 읽어보니
살아온 모든 시간의 궤적들이 그 메모 속에 고스란히 들어
있다. 시란 것이 어쩌면 이런 것이 아닌가 조심스럽게 여
겨본다.

일상 속에서 내 머리 맡에는 항상 책과 등불이 놓여있었
으니, 그것은 남다른 세계를 갈망하는 내 의지의 실천이었
다. 수첩 속에 하나둘씩 깨알처럼 적은 글들의 분량이 늘
어나 어느덧 한권 시집의 형태로 엮을 수 있게 되었다.

젊어서는 가족들을 위해 바친 시간, 회갑이 넘어서는
드디어 나를 찾아 헤매 다니던 세월이었다. 돌이켜 보니
가슴이 꽉 메고, 감개무량하다.

사랑하는 가족의 이해와 보살핌이 아니었더라면 어찌

오늘의 내가 있었으리오. 이 시집을 독자와 가족들의 품으로 헌정(獻呈)하면서 스스로의 조촐한 기쁨으로 삼고자 한다.

2015년 4월

이 종 남